衛斯理系列 少年版 08

不死藥

作者：衛斯理
文字整理：耿啟文
繪畫：余遠鍠

衛斯理
親自演繹衛斯理

老少咸宜的新作

寫了幾十年的小說，從來沒想過讀者的年齡層，直到出版社提出可以有少年版，才猛然省起，讀者年齡不同，對文字的理解和接受能力，也有所不同，確然可以將少年作特定對象而寫作。然本人年邁力衰，且不是所長，就由出版社籌劃。經蘇惠良老總精心處理，少年版面世。讀畢，大是嘆服，豈止少年，直頭老少咸宜，舊文新生，妙不可言，樂為之序。

倪匡　2018.10.11　香港

目
錄

主要登場角色

駱致謙

白素

柏秀瓊

衛斯理

波金

土人朋友

傑克

第十一章 一大群傻子

帝汶島上兩個流浪少年告訴我，駱致遜夫婦正和當地的惡霸——波金在一起，我感到十分驚訝，他們是被波金抓住了？還是他們和波金根本就認識？

我連忙問那兩個少年：「你們沒有認錯人？」

他們兩人搶着道：「沒有，我們還知道那兩人是怎麼來的！」

「他們是怎麼來的？」我着急地問。

「碼頭上的人說，波金先生是親自駕着遊艇出海的，然後回來的時候，就多了這對夫婦了。」

這樣看來，駱致遜夫婦和波金是認識的，他們以救生艇逃走後，用通訊器聯絡上波金。

「先生，我們是不是可以得到那筆錢？」那兩個少年追問$賞金$的事。

「當然可以。」我從袋中取出錢來，交到他們手上。

他們**歡天喜地**，又補充說：「我們來的時候，波金先生的遊艇已經靠岸，那兩人大概到了波金先生的家裏去，你知道波金先生的**天堂園**在什麼地方嗎？」

波金先生的花園中，有着十隻**極其名貴**的天堂鳥，因此，他住的地方便叫作「天堂園」，這是島上每一個人都知道的。

我點了點頭，立刻開始行動，離開了海灘，向天堂園走去。

一路上，我對自己說，這次無論如何也不能再上他們的當了**！**

當我來到天堂園的時候，天色已完全**黑了下來**。

我當然不會正式求見，就算守衛不把我趕走，也會打草驚蛇讓駱致遜夫婦有了防備。所以，我趁守衛沒留神之際，快步跑到圍牆之下，藏匿在***陰影***之中。

然後我利用一條細而韌、一端有鈎的繩子，勾住了牆頭，迅速地爬上去。當我快爬到牆頭之際，不禁呆住了，因為牆頭上有着一圈一圈的鐵絲網，那繩子一端的鈎子觸碰着鐵絲網，不斷產生「滋滋」聲和爆出火花來。由此可知，那些鐵絲網是通了電的！

我躊躇了一下，我的身體絕對不能碰到那鐵絲網，要進入圍牆的唯一方法，便是躍過它。

那通電的鐵絲網不是很高，我要躍過去，倒也不是什麼難事，但問題在於，躍過去之後，圍牆內有着什麼？會不會有陷阱或守衛？我目前沒有辦法看得到。

在這樣的情形下，我只得冒一下險了。我蓄定了力道，身子彈起，在半空中翻了一個筋斗，越過了鐵絲網。

我的身子迅速地向下落去，看到地面沒有陷阱，我舒了一口氣，但着地之際，忽然「呼」地一聲，黑暗中有一條長大的黑影，向我正竄過來！

那是一頭狗，而且是受過訓練的大狼狗！

馴犬師將這頭狼狗訓練得太好了，牠不但不吠叫，而且一撲過來，不是咬向我別的地方，而是直接撲向我的咽喉！

這時我手上仍拿着那條繩，我不敢怠慢，雙手拿着繩子向內劃了一圈，及時勒住了狼狗的頸。

我勒得非常用力，使牠不能襲擊我，也不能吠出聲來。牠拚命地掙扎着，我等牠氣力耗掉了大半的時候，一掌劈向牠的頭部，將牠擊昏。

我身上沁出冷汗來，剛才大狼狗撲過來的電光火石間，如果我反應慢了半秒，也已經命喪**狗牙**之下了。

我緊挨着牆，緩緩地移動，細心觀察着四周。那是一個極大的花園，事實上是一個山坡，只不過樹木、草地全都經過悉心的整理。一棟極大的白色房屋，就在離我約兩百步處，好幾個房間都亮着燈光。

駱致遜夫婦很可能就在其中一個房間裏！

我藉着樹木的**陰暗處**迅速前行，當我來到屋子前的時候，忽然聽到有人以**日語**大聲呼喝着。

我轉身一看，馬上呆住了。因為至少有七頭狼狗正在向前竄去，而帶領他們的，似是一個日本人！

我知道那七頭狼狗一定是發現了那昏倒的狗，現在正追尋元兇，也就是我！

我連忙繞着屋子迅速地跑，每當來到沒有燈光的窗子前，我都用力推一下窗。嘗試了幾次之後，終於碰上一扇沒法鎖好的窗子，我推開壞窗，連忙**躍了進去**。

房內十分暗，但我仍然可以看出，那是一間相當大的書房。我拉開了房門，外面是一條走廊，而在走廊的盡頭，則是**樓梯**。

這時，我聽到那大群狼狗正發狂似的吠叫起來，相信是那個日本馴犬員向牠們下了指令，要把我找出來。

吠叫聲**自遠而近**，從書房那個爛窗子傳了進來。我連忙走出書房，直衝上樓梯，但同時也聽到樓上有人大聲喝問：「**什麼事？**」

前有阻攔，後有追兵，我幾乎走投無路了。幸好一上了樓梯，旁邊剛好有一個房間，**門縫**沒有光線漏出，房裏很可能沒有人，於是我推門而入，躲了進去。

房內完全**漆黑一片**，連窗子也沒有，我什麼也看不到。

我知道那些狼狗遲早會找到我，我不能躲太久，必須在房間裏另找出路或者應對的工具。

於是我拿出手機作手電筒用，當亮起**光芒**的時候，我整個人都呆住了，因為手機的光芒，竟照出了一個**人臉**！

突然發現自己面前一聲不響地站着一個人，實在可怖得令人**頭皮發麻**。

可是，那人一動也不動地站着，對於光線照在他的臉上，居然一點反應也沒有。

我心想，那可能只是一尊人像，以為大可以放心之際，那「人像」卻忽然眨了一下眼睛**！**

我差點忍不住叫了出來，人像會眨眼睛嗎？他分明是一個**活生生**的人！

我後退了一步，猶豫着該不該離開房間時，狗吠聲已來到房門外，同時，門突然被踢開，並傳來了呼喝聲：「**別動，站住！**」

門一打開，走廊中的光線便射了進來，使我看清楚整個房間裏的情形。

我登時呆若木雞，一動也不動，心裏暗叫：「**天啊，這**

是什麼地方？」

那不能算是一個房間，更像是一個極大的**籠子**，沒有窗，全是牆壁，而且內裏不止有一個人，而是數十個之多！

他們身形**矮小**，膚色**黝黑**，看來十分壯實，身上只圍着一塊布，一望而知，是南太平洋島嶼上的土著。

他們有的蹲着，有的坐着，有的躺着，有的擠在一堆，有的蜷曲着身子。

而最令我驚駭莫名的，是他們的神情，有着一種說不出來的**詭異感**。

說他們「神情詭異」，也不十分恰當，因為在他們**平板**的臉上，根本就沒有什麼神情，他們只是睜大了眼，間中眨一下眼睛，而身子幾乎是一動不動地維持着他們原來的姿勢，跟傻子沒有分別。

第十二章

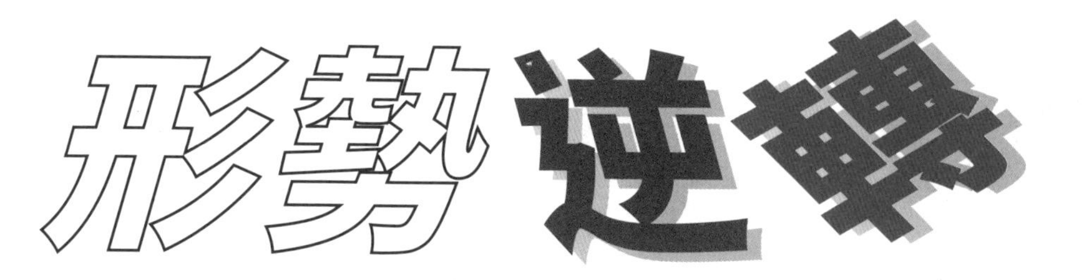

眼前那一大群傻子到底是怎麼一回事？他們是什麼人？我腦海中充滿了疑問，一時分神，冷不防突然被人用槍頂住了我的背部。

「轉過身來。」我背後的人命令道。

在手槍的要脅下，我不得不依言轉過身去。

那個提着槍指嚇我的人，看來只是個打手。他後退了兩步，我看到了那個負責帶狗的日本人，這時七八條狼狗正伏在他的身旁等候命令，然後，我又看到一個氣派十足的大胖子，相信就是波金先生了。

我被槍指着，又有大群狼狗對我虎視眈眈，根本沒有法子反抗。

那個大胖子打量着我說：「你是什麼人？」

我故意**刺激**他：「駱致遜夫婦沒有告訴你嗎？明知故問！」

這傢伙被我激怒了，**氣勢洶洶**地衝過來，揚起他的肥手，向我的臉上摑來。

這真是**正中下懷**，我是故意引他過來的，他是一個大胖子，一來到我的身前，便將我的身子完全擋住。在他的手掌將要摑到我臉上之際，我迅速揚手擋格，同時手腕一轉，五指緊緊地扣住了他的手腕，然後把他的身軀當成了我的肉盾。

「我是什麼人，現在你可知道了嗎？」我用力扭他的手腕，他痛苦得滿頭冒着冷汗。

「知道！知道了！」他的氣焰完全消失了。

我大聲喝道：「那麼你還不命令那些狼狗和槍手退下？」

波金先生嗓子嘶啞：「走，**你們都走！**」

他的身子遮住了我的視線，我看不到門外的情形，但可以聽到，那日本人叱喝了一聲，狼狗們的聲音便*漸漸***遠去**。

同時，我聽到有人用十分惶急的聲音問：「波金先生，我們也走嗎？」

波金破口大罵：「**廢話！**叫你滾就滾！」

「是！是！」

可是我卻叫道：「慢着，將一柄槍放在地上踢過來。」

他們靜默下來，似乎猶豫着該不該照辦。我再加大力度**扭動**波金的手腕，波金立刻怪叫道：「**快照做！**」

一柄槍隨即從地上滑了過來，我俯身拾起，同時也鬆開了波金。

他搓揉着被我抓成了**深紫色**的手腕，我則用槍頂住了他的肚腩，命令道：「帶我見駱致遜夫婦！」

「我不認識這兩個人！」

我**冷冷**地說：「你是想看看自己的肚腩開花吧？」

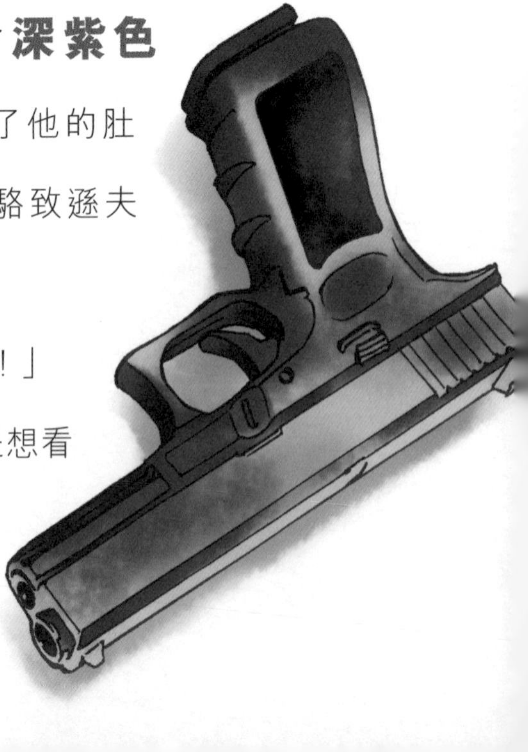

我假裝準備開槍，他驚慌地叫住：「**等等！**他們不在這裏，他們到了我另一所別墅去。」

「不管他們在哪裏，現在你就帶我去見他們。如果你耍花樣的話，我就在你的肚子上開一朵花！」我要脅道。

波金氣得全身發起抖來，逼不得已地向前走。

我提槍跟在他的後面，忽然想起問：「剛才房間裏那一大群是什麼人？他們在幹什麼？」

波金裝作沒聽見，完全沒有回答的意思。

這時我們已來到樓梯口，四個槍手站在我們的面前，為了專心提防波金的手下發難，我也沒有追問下去，小心

翼翼地押着波金**下樓梯**，走出這棟房子，前往車房。

我逼他坐上一輛豪華房車的前面，我則坐在後面，用槍一直指着他的後腦。他駕着車子，駛過了花園，出了大鐵門。

車子在山間的道路駛着，山路有時十分**崎嶇**，當車子顛簸的時候，我手中的槍便會碰到波金的後腦殼，嚇得他不由自主地發出呻吟聲來。

我深信他不敢玩弄什麼花樣，車子往山中駛了約半個小時後，終於在一棟尖頂的別墅前停了下來。這棟別墅十分大，式樣奇怪，四周圍沒有其他的房子。

波金按響汽車喇叭，在極度的寂靜中，汽車喇叭聲聽起來十分驚心動魄。

「波金先生，是你來了！」兩名傭人跑過來，急忙將大門打開，讓波金的車子駛進去，到了石階之前停下。

「我可以下車了吧？」波金不等我回應，雙手已經鬆開了

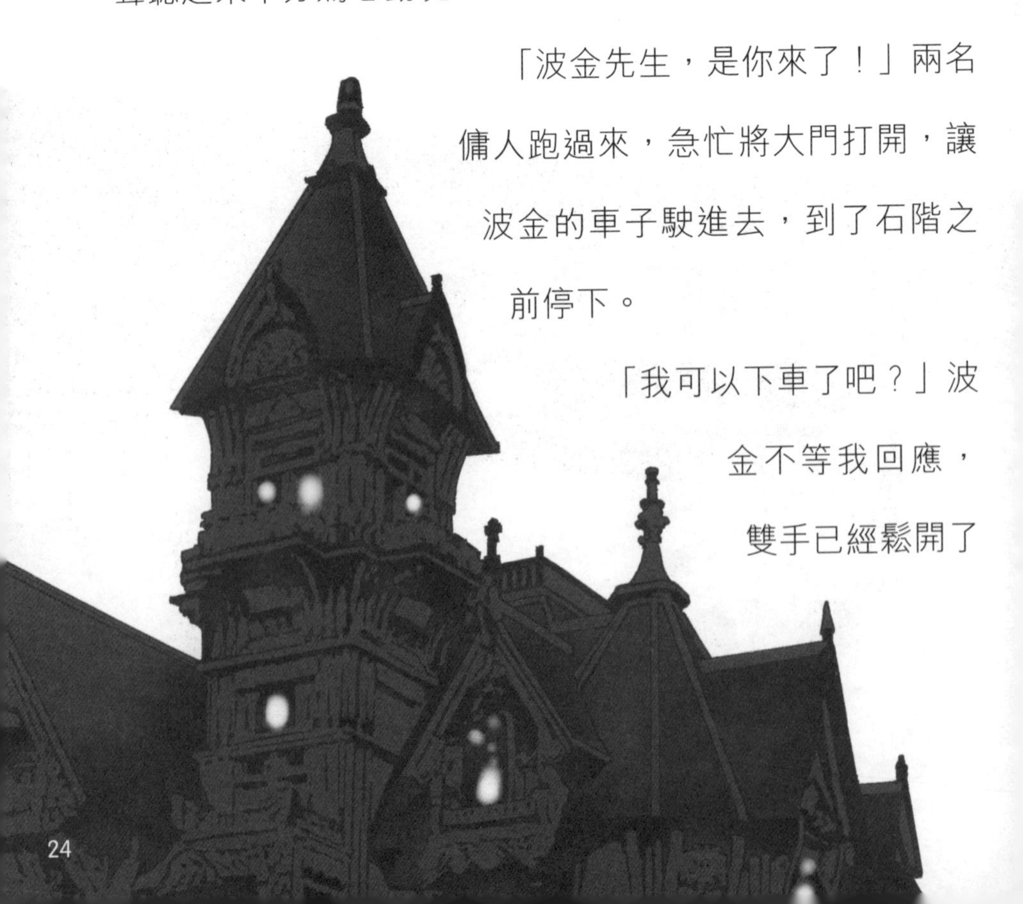

，逕自開門下了車。

「喂，等着我！」我連忙跟上去。

我忽然覺得，來到這裏之後，波金似乎不再怕我。那是為什麼呢？是什麼令他大膽放肆起來？

別墅的門打開，駱致遜夫婦一齊出現在門口，駱致遜**好奇**地說：「波金先生，這麼晚了，有什麼事？」

波金用大拇指向後指了一指，「你沒看到有位貴賓要來找你嗎？」

波金的話說得十分輕鬆，而駱致遜夫婦亦很快看到我是誰了，他們先是一呆，但隨即也笑了起來，說：「真是人生何處不相逢！」

他們居然神態自若，實在叫我**疑惑**至極。

我刻意揚了揚手中的槍，**厲聲**道：「駱致遜，這次你再也走不脫了。進去再說！」

我推了一下波金，他便搖搖擺擺走了進去，完全不像被人用槍指着的樣子。

進了大廳後，波金和駱致遜兩人都笑着，不等我吩咐，就在沙發上坐了下來。

我仍然不明白究竟是怎麼一回事，只好提高戒備，手槍寸步不移地指着他們。

駱致遜竟笑了起來，「放下手槍吧，槍在這裏是沒有用的。」

我冷冷地說：「對不起，我告訴過自己，不會再上你的當。」

駱致遜嘆了一口氣，忽然拍了一下掌，接着便有一個土人托着一隻盤子走向駱致遜。

我發現放在盤子上的，赫然是一柄手槍！

這實在是太駭人了，在我的手槍指嚇下，駱致遜竟公然召來僕人，送他一柄手槍！

我忍無可忍，立即「砰」地開了一槍，將那土人手中的盤子，射得向上飛了出去，盤子上的槍，當然也落了下來。

我冷笑道：「我看手槍還是很有用的，不然你也不會叫僕人拿一柄給你，可惜，我絕不會讓你拿到。」

駱致遜忽然站了起來，挺起胸膛說：「我拿槍，是想向你示範槍為什麼沒有用。既然你認為有用，那麼，你向我開槍吧，**開啊！**」

他那種肆無忌憚的挑釁，當真將我**激怒**了，我厲聲道：「你以為我不會開槍嗎？」

駱致遜竟向我走過來，愈走愈近，「絕對沒有這個意思，**我希望你開槍！**」

他已經來到我的面前，甚至用他的肩頭壓向槍口。

我實在非開槍不可，我知道射向這個部位不會**致命**，但可以給他一個教訓，控制住現時的局面。

於是我真的開了一槍，子彈射進了駱致遜的肩頭，又穿了出來，駱致遜的身子**搖晃**了一下，但他的臉上竟仍帶着笑容。

我睜大了眼睛望着他，他不但**微笑**地站着，而且，他的肩頭上，竟然也沒有**鮮血**流出來！

我吸了一口氣，駱致遜用力一扯，將他肩頭上的衣服**撕破**了一塊。

我看到他肩頭中了槍的部位，有一個很深的洞，但是

沒有血流出來，而且這個洞正在迅速地被新的肌肉所填補，不消三分鐘，已經什麼痕迹也沒有留下，**完全復原了！**

第十三章

從開始就跌進了陷阱

駱致遜向我笑了笑，「手槍是沒有用的，你現在相信了吧？」

我望向柏秀瓊，又望着波金，駱致遜説：「不必望了，這裏所有的人都是一樣的，我們全都服食過**不死藥**。」

駱致遜一邊説，一邊伸手把我手上的槍拿了過去，非常純熟地**拆散**成為一堆部件，掉在地上。

我沒有反抗，因為我一時間太過**震驚**，而且我已經親眼看到，手槍對他起不了任何作用，我拿着手槍就如同拿着廢物一樣，所以下意識也想丟棄它。

當我看到他純熟地拆開了手槍後，我恍然大悟地叫了出來：「你不是駱致遜，**你是駱致謙！**」

因為看他拆開手槍的手法，我便知道他是接受過訓練的**軍人**。

他微笑道：「你知道得太遲了。」

我立即望向柏秀瓊，她神情平靜，那表示她早就知道了。

而剛才在**天堂園**裏，波金根本不怕我用槍要脅他，他只是在做戲，故意引我來到這處偏僻的別墅，方便處理。

我像個洩了氣的皮球一樣，頹然地坐在沙發上。我又失敗了！而且敗得比前兩次**更慘**！

「駱致謙，你謀殺了你的弟弟？」我質問。

他放肆地縱笑，使我更加確定，我設計從死囚室救出來的那個人，根本就不是駱致遜，而是駱致謙！

那件謀殺案，也不是駱致遜謀殺了他的哥哥，而是駱致謙謀殺了他的弟弟！

在懸崖上跌下去，屍骨無存的，是可憐的好人駱致遜，他費了二十年工夫，在南太平洋的荒島上，找到了一個窮凶極惡的兇手！

然而，我心中的疑團卻沒有減少，反而變得更多。

首先，駱致遜要殺害哥哥，是找不出理由的，可是剛從荒島歸來的駱致謙，又有什麼動機要殺死弟弟駱致遜呢？

其次，案發之後，人人都以為死者是駱致謙，兇手是駱致遜，也許是因為他們長得太相似的緣故，但是，連柏秀瓊也分辨不出自己的丈夫嗎？而且剛才她反應平靜，顯然一早就知道被囚的是駱致謙，而不是他的丈夫。換句話說，她是故意協助隱瞞，還欺騙我去幫駱致謙逃獄的，為什麼她要這樣做？

此外，「不死藥」又是怎麼一回事？何以我一槍射中了駱致謙，他的傷口非但沒有流血，反能迅速而神奇地癒合，這種超自然現象是怎樣做得到的？

我心中亂作一團的時候，駱致謙卻氣定神閒地說：「你發現了我的秘密，必須被處死了。」

我連忙跳了起來，可是他笑着説：「我們全是不會死的人，你準備怎樣對付？」

我大聲叫道：「胡說！世界上沒有一種生物是不會死的！」

駱致謙陰森地笑道：「如果拿這裏任何一個土人的骨骼去接受放射性測驗，你就會發現，他們每一個人都至少有一千歲以上，而且，他們還將繼續活下去！」

波金滿臉肥肉抖動，向駱致謙說：「別跟他說那麼多了，我們的計劃不能被他破壞，我看我們可以下手了。」

我連忙伸手指向柏秀瓊，厲聲道：「你呢？柏女士，你從事情一開始便知道誰是死者，誰是生存下來的兇手，是不是？你竟將殺死你丈夫的兇手當丈夫？」

柏秀瓊冷冷地説：「我可以成為世界上最有錢的女人，反正丈夫死了也不能復生，執着什麼？」

柏秀瓊婚前是個明星，曾與不少富豪名流傳過緋聞，最後嫁入豪門當了駱太太，如今看來，她就是個十分$貪錢$的女人。

她不愧是個演員，她的演技把我騙倒了，從事情一開始，我便跌入了她和駱致謙安排的陷阱中！

我緊緊地握着拳，一步一步地向駱致謙逼過去，縱使不能殺死他，我也要好好地打他一頓。

可是，他一翻手，便拔出了一柄十分**鋒利**的匕首來，握在手中。

我立刻停下來，準備迎戰。

但沒料到，他的匕首竟然不是向我刺來，而是向他自己的手臂刺去！

「**啵**」的一聲，匕首刺進了他自己的手臂，刺進去**很深**。

而他卻仍然搖着手臂，若無其事地說：「必須告訴你，我們是連**痛**的感覺也沒有的！」

我目瞪口呆地站着，緊緊握着的拳頭，也不由自主地鬆了開來。

駱致謙拔出了匕首，並沒有**鮮血**流出，傷口又迅速地癒合，他看到我驚呆住的樣子，桀桀地笑了起來：「你

還不明白嗎？這就是不死藥的神效，或者，你可以稱之為**超級抗衰老素**。」

這時候，我發現駱致謙自鳴得意，很愛**炫耀**的樣子，於是我嘗試拖延一下時間。

我裝出一臉**迷惘**地說：「我不明白，我完全不明白。」

「我可以解釋給你聽。」駱致謙洋洋得意。

柏秀瓊立即提醒道：「他是在拖延時間，你看不出嗎？」

駱致謙笑道：「我當然知道，但我們怕什麼？這裏三公里之內沒有一個人，他就算拖上三天，也只不過是多活三天而已！」

我也笑道：「沒錯，我的目的是拖延**時間**，所以希望你從頭說起，講得愈詳細愈好。」

駱致謙笑了笑，「沒問題，我可以滿足你這個最後願望。二十年前，我在一次軍事演習中出了意外，戰機墜毀，我及時逃生掉進了**大海**，身體多處受傷。我抱住了一塊戰機**殘骸**，在海上漂流。由於傷得十分重，我在海上漂流了不久，便失去知覺。當我再醒來的時候，我在一艘獨木舟上，還看到了他們三個人！」

駱致謙講到這裏，向侍立在側的三個土人指了一指，那三個土人，我本來只當他們是波金的僕人，卻沒想到他們和駱致謙是早已相識的。

駱致謙繼續講下去：「獨木舟在海上漂流，我知道自己的傷撐不了多久，只是在等死。但他們其中一人忽然拿起一個竹筒，示意我張開口，讓我喝了兩口竹筒內的白色汁液。那汁液味道古怪，難以下嚥，我幾乎想吐出來！

「然而，當我喝下了那兩口汁液之後，不到一分鐘，奇蹟就來了：全身的疼痛感漸漸消失，各處傷口都迅速癒合。而且，嵌在肌肉中的金屬碎片，好像被一種神秘力量逼了出來！

「我知道我已經復原了，而且，我立即想到，那種奶白色的汁液，一定是土人的神藥，如果我能夠大量地得到它，那麼，我將會成為世界上最富有的人！」

我冷冷地應了他一句：「你和柏女士才是天生一對，都是極其貪婪的人。」

他並不動氣，只是笑了笑，「誰的本性不貪婪呢？我躺在獨木舟上，他們帶我來到了一個小島。那是一個真正與世隔絕的小島，面積不大，島上全是石頭，而從石縫中，卻生長着一種奇異的植物。

「這種植物的莖有點像竹子，但是它卻結出一種極大的果實，這種果實在成熟之後，能榨出乳白色的汁液來，就是在獨木舟上，土人給我喝的那種東西，而當我在這荒島上住下來之後，我也每日飲用這種汁液。

「漸漸地，我發現了一件非常奇妙的事情，這個島上約有一百名居民，他們之中，沒有小孩，也沒有老人。他們經常出海捕魚，但無論怎樣**驚濤駭浪**，他們都能安然歸來。終於，我明白了一點：**他們是不會死的！**那種果實擠出來的汁液，是『不死藥』，是超級抗衰老素，是功效無可比擬的人體組織復原劑！

「換句話説，我竟然發現了**永生的人**！」

第四章

不死藥

駱致謙講到這裏，臉色十分紅，可見他心情極其**興奮**。

他望着我說：「你知道抗衰老素是什麼嗎？它能遏止衰老的進程。如果人體內的抗衰老素**消失**，那麼，一個十二歲的小童，就和一個八十歲的老翁沒有分別，這種例子在醫學上屢見不鮮。相反，如果抗衰老素能不斷地得到補充，衰老的進程則完全受到遏制，那麼，人便可以**長生不老**！」

聽到這裏，我也不禁發怔。

世上真的有長生不老的「**不死藥**」？這實在太令人難以置信了！

「怪不得你雖然是哥哥，卻長得跟弟弟一樣年輕，使別人都認錯你是弟弟。」我**喃喃**地說。

駱致謙繼續敘述：「發現了不死藥的神奇功效之後，我便盡我所能搜集那種白色的汁液。當我搜集到一大桶，而且又造好了一艘極大的獨木舟時，已經過去了四年。我要回到文明世界之中，一小瓶一小瓶地出售這些汁液，這樣我就可以成為大富翁了。於是我帶上那一大桶的不死藥，划着獨木舟出海，可是在出海後第二十天，我的獨木舟與波金的遊艇相撞了。

「獨木舟沉沒，那桶寶貴的不死藥也隨之落入大海。但是波金卻救起了我，使我又回到了文明世界之中，對嗎，波金？」

大胖子波金點了點頭。

駱致謙又說：「我將自己的遭遇講給他聽，可是他卻笑我是個瘋子，他說他對南太平洋各島瞭若指掌，從來未聽說過有這樣的一個小島，我也懶得與他爭辯。之後我和他一起到了帝汶島，他招攬我加入他們的組織，但我卻偷了他的一艘遊艇逃走了，**我要回到那島上去！**

「可是那個小島好像消失了一樣，我憑着記憶的方向駛去，只見到一片**茫茫海洋**。我用盡了燃料，當遊艇在海上漂流的時候，波金先生找到了我，我便答應加入他的組織。」

「協助他的黑市軍火生意，你又有機會賺大錢了。」我冷冷地嘲諷道。

駱致謙沒有理會我的嘲諷，而波金卻奸笑道：「沒錯，我的生意特別需要有**軍事知識**的人幫忙，他是個上佳人選。」

駱致謙又繼續說：「合作若干年後，我終於又發現那個小島了，原來要到達那個小島，必須先經過一處**風浪**極其險惡，虎鯊、長鋸鯊、劍鯊成群出現的**環形地帶**，那是航海人士不敢接近的地方。然而，這種惡劣的風浪，每年都有幾小時會平靜下來，而我上次漂流出來的時候，恰好就是**風浪平靜**之時。」

「你運氣倒不錯！」我又嘲諷他。

駱致謙無恥地笑着：「我的運氣一直很好，居然讓我找到了秦始皇夢寐以求的長生不老藥。我只要坐在家中，金錢便會像潮水一樣滾進來！」

我不出聲，因為平心而言，他們找到了不死藥，拿去賣，也沒有什麼不正當的地方，這只是一門生意，是你情我願的交易，跟挖礦去賣沒有分別。

以波金在附近海域的勢力，再加上駱致謙所掌握關於不死藥的秘密，外人根本無法爭奪他們的不死藥。那麼，駱致謙為何要殺弟弟？而且又非把我滅口不可呢？

我不禁開口問：「這不過是一樁公開的生意，你們為什麼要殺我滅口？」

波金、駱致謙和柏秀瓊三人互望了一眼，他們的臉上都現出一種狡猾的笑容來，卻沒有一個人說話。

我立刻感覺到，關於不死藥，一定還有一個

的秘密，使得他們必須將我滅口，防止我揭露出來。

然而，那個秘密到底是什麼呢？

駱致謙獰笑起來，「朋友，你的時間已到了！」

我連忙搖手，「慢着，你還未解釋，你的弟弟費盡心機找你回來，你為什麼要將他殺死？」

駱致謙**皺**着眉，正猶豫着要不要說出來之際，柏秀瓊卻快一步說：「**別說！**為什麼要讓他知道那麼多？」

駱致謙果然沒開口，只是拍了一下掌，一個土人又托着盤子走了過來。

盤子上放着一柄**鋒利雪亮**的彎刀，他將刀握在手中，臉上現出十分**殘酷**的微笑來。

我連忙又搖手，「慢着，我還有一個問題，你必須回答我。」

駱致謙哈哈地笑起來，「死前最後一個問題了，你問吧，心情好我就答你。」

事實上，我是在拖延時間，腦袋裏拚命想着辦法逃生。

我忽然想到了！我緩緩地走向一張沙發的後面，假裝情緒不穩，雙手按在沙發背上，嘆一口氣問道：「我不明白，既然你是不會死的人，那麼，你為什麼怕上**電椅**？還要騙我把你從死囚室救出來？」

駱致謙先是楞了一楞，但很快就回復平靜，答道：「對的，我是**不死之人**，電椅當然殺不了我，但是，當他們發現殺不死我之後，他們會怎樣**？**」

我實在不知道，因為要處決一個不會死的人，世界上根本沒有這樣的先例。

駱致謙説：「我估計他們會改判我無期徒刑，然後把我當成實驗品，我將會成為一隻被關起來，卻永遠不會死的白老鼠，這不是比死更可怕嗎？」

「嗯，我同意。」我點了點頭，然後指着他手中雪亮的彎刀，「所以我救了你，這就是你報答我的方式嗎？」

駱致謙獰笑道：「這是你咎由自取！如果你乖乖地躲起來，當我發了財後，我一定會給你一些好處的，甚至可以送你一個島，讓你做島主，做土皇帝！」

我苦笑道：「可惜我不識趣，不甘心受騙，所以落得如今的下場，是不是？」

駱致謙揚首，「**是！**」

他握着彎刀，一步一步地向我逼近。我站着不動，雙手依然按在沙發背上，心裏十分**緊張**。

剛才我已經想好了脫身的辦法，但實行起來會否成功，我也只有一半把握。

駱致謙愈逼愈近，已經到了揮刀可及的距離了。我深吸一口氣，雙臂蓄力向前一推，將那張沙發**推了出去！**

那張沙發是配上了四隻**滾輪**方便移動的，所以當我用力一推的時候，沙發以極高的速度和相當大的力量，向前撞了過去，正好撞在駱致謙的身上。

而在那電光火石之間，我迅速向後倒翻一個筋斗，翻到了門前，準備用力撞門。可就在這時，「颼颼」兩聲響，我聽到背後有東西向我直射過來！

第十五章

我的土人朋友

一聽到「颼颼」兩聲響，我連忙伏在地上，感覺到有東西幾乎貼着我的脊梁飛過，射在前面的門上。

我抬頭一看，原來是兩桿標槍！我一躍而起，將兩桿標槍拔了下來，當作武器，然後用力把門撞開，直奔出去。

衝出了大門後，我向**最黑**的地方跑去，然後伏下來，一動也不動。

我立即聽到駱致謙和波金的**咒罵聲**自屋中傳出，接着便是四面亂射的槍聲，而我，只是伏着不動。

他們只是漫無目的地亂射，子彈沒有長眼睛，當然不會飛到我的身上來。

我聽到波金狠狠地說：「我回去將狼狗隊帶來，展開全島**搜索**。」

「對，你快去，要不然，我們的計劃會遭到破壞！」駱致謙顯得很緊張。

不死藥到底有什麼不可告人的**秘密**，使他們非將我除去不可呢？

但我沒有時間去細想，當務之急是先逃出去。

我等槍聲停下來後，立即向前奔去，

個山坡，然後又繼續向前走，來到了一道山澗前。

我游了過去，爬上對岸，繼續向前奔逃。

直到我連走也走不動時，我就將手中的兩桿標槍當拐杖，撐着向前挪動，直至我終於支持不住，倒下來為止。

我倒在地上，靠着一塊大石頭，喘着氣。

天漸漸亮了，我開始看清楚自己所在的地方。

我正躺在一個山谷之中，四面全是高山，有樹木和許多不知名的熱帶植物在我周圍。

我用**鋒利**的標槍口割下兩大片如同芋葉似的葉子來，那兩張葉子已可以將我的全身蓋住，我就在大葉子下閉目休息。

我現在該怎麼辦呢？設法通知當地警方？但我知道波金在這裏的勢力十分大，**黑白兩道**都在他的勢力範圍內，我絕不能自投羅網。

那麼，我應該先離開帝汶島嗎？可是我從正途離開的話，必定會暴露行蹤，被人發現。

我要想辦法偷偷離開，但前提是，我必須先到海邊去。

我一直躺到中午，才朦朧睡去，只睡了一會，我便醒了過來，繼續前行，吃着野果充饑。

可是一直到天黑，我還未見到大海。

等到天色完全黑下來，我已經疲乏不堪了，而就在此際，我看到前面的樹叢中，突然有火光閃了一閃。

我看得出那是一個火把，不禁心頭一震，連忙緊貼着樹，揚起了手中的標槍，以防是波金和駱致謙的搜索隊。

但那火光並沒有移動，而且也沒有什麼特殊的聲音發出來，使我相信那不是搜索隊。

我定了定神，慢慢地向前走去。

我的行動十分小心，一直來到了離火光只有七八步處，終於看到那是一個持着火把的人。

他身形矮小，膚色**棕黑**，頭殼十分大，頭髮濃密而鬈曲，除了腰際圍着一塊布之外，什麼也沒有穿，只在腰際繫着一個竹筒，他是一個土人！

這土人正蹲在地上，一手持着火把，一手正在地上用力地挖着。由於他的樣子和波金家中那些土人差不多，可能是奉命來搜捕我的，所以我不出聲。

我靜靜地**觀察**着，只見他一直在挖，挖得十分起勁。過了片刻，地下發出了一陣**吱吱聲**，那土人忽然站起來，手中已提着一隻肥大的田鼠。然後他匆忙地用小刀將田鼠剝皮，放在火把上**燒烤**，還不等烤熟，便急不及待地嚼吃起來。

看到這個場面，我知道他一定不是波金那一伙，因為他若是波金的手下，就算肚子再餓，也可以等回到那別墅之後再說，不至於要這樣近乎生吞活剝地吃一頭田鼠。

這時候，我一時鬆懈，腳下的枯枝發出了聲響。那土人聽到了，轉過頭來，發現了我。他**整個人跳起**，立時把手中的小刀對準我。

我也握緊手中的標槍作防備，但同時使自己的臉上保持着笑容。

我們對峙了近兩分鐘之久，終於，那土人臉上疑懼的神

色漸漸斂去，而且還向我笑了一笑。

當一個文明人向你笑的時候，你或許要提防，但當一個土人向你笑的時候，那你就大可放心了。

於是，我先垂下了標槍，那土人也放下了小刀，將手中半生不熟的田鼠向我遞來，我尷尬地婉拒。

我在他又開始嚼吃的時候，試圖和他交談。

可是我用了好幾種南太平洋各島嶼中，相當多土人所講的語言，他都表示聽不懂。然而，他卻對我手中的標槍十分感興趣，指着標槍不斷重複地說：「**漢同架、漢同架……**」

我不知道「漢同架」是什麼意思，只好盡量向他做手勢，表示我想到**海邊**去。

至少花了一小時，再加上我在地上畫着圖，我才使他明白這一點。

而他也花了不少**時間**，使我明白原來他也是想到海邊去的。

我發現大家畫簡單的圖畫，再加上手勢，已是我們之間最好的交談方式。他在地上畫了一棟**尖頂屋**，我一看就認出那是波金的別墅，接着他又畫了一個小人，從別墅中出來，然後指了指自己的**鼻尖**，我便明白到，他是從波金那裏逃出來的。

我在那個小人旁邊，也畫了一個小人，手中提着兩支標槍，然後指了指自己的**鼻尖**ㄑ一ㄢ，告訴他，我也是從這別墅中逃出來的。

他拍了拍腰際的竹筒，打開給我看。竹筒內盛着一種**乳白色**的汁液，散發出強烈的**怪味**。我只看了一眼，那土人就連忙將竹筒塞住，可見他對竹筒內的東西十分重視。毫無疑問，那竹筒內的白色汁液，就是駱致謙所說的

「不死藥」了！

那土人將竹筒放到嘴邊，作飲用狀，然後又搖了搖手，向那尖頂屋指了指，再攤了攤手，然後雙眼向上一翻，木頭人似地站了一會，接着又指了指那在奔逃的小人。

我完全不明白這一連串手勢的意思，我一再問他，他也一再重複着相同的動作，我始終沒法弄得懂，只好先放棄這個問題。我邀他一齊到海邊去，他表示高興，然後又在地上畫了一個小島，指着説：「漢同架！」

我總算明白了，「漢同架」是那個島的名稱，他邀請我一起到那個島上去。

漢同架島乃是不死藥的原產地，在那裏或許可以查出不死藥的秘密，於是我連忙點頭答應。

我們藉着圖畫交談了一個晚上，天一亮，我們就一起出發，他對大海有敏銳的觸覺，我跟着他，朝着一個方向一直走，終於來到了海邊。

海灘上的沙白得如同麵粉，各種美麗貝殼雜陳，十分優美。

我們在沙灘上躺了一會，便開始計劃起來。

我們花了三天時間，砍下了十來棵樹，用藤編成幾個木筏，又箍了幾個木桶，裝滿了山澗水。我還採集了不少果子，捕捉了十幾隻

的蟹，繫在木筏上，相信足夠我們兩人吃一個月。

經過這麼多天的相處，我和這個土人已成為了朋友。當一切準備就緒後，我們便將木筏推出大海，一起出發了。

第十六章

隱蔽的世外桃源

木筏在海上漂着，一天又一天，足足過了七天。

像這樣在海上漂流，要漂到一個島上去，那幾乎是沒有可能的。可是，我那土人朋友卻十分樂觀，每當月亮升起之際，他便禁不住要高聲歡呼。

到了第七天晚上，他不斷從海裏撈起**海藻**來，而且還品嘗着海水，這是他們辨認所在地的方法。接着，他拿起了一隻極大的法螺，用力地吹着。

那法螺發出單調的**嗚嗚聲**，他足足吹了大半夜，吹得我頭昏腦脹，然後，我聽到遠處也有那種嗚嗚聲傳來。

我不禁歡呼起來，遠處傳來的嗚嗚聲**愈來愈近**，不一會，我已看到三艘獨木舟向我們划來，而且很快就來到我們跟前。

每艘獨木舟上各有三個**土人**，我那位朋友立刻開口説話，發音快得如同連珠炮。

獨木舟上的土人也以同樣的語言回答他，我和我的朋友一起上了獨木舟，其中一個土人捧起一個大竹筒，打開了塞子，送到我面前，想給我喝**不死藥**。

在這半個月來，我每天都看到我那個朋友在飲用不死藥，他十分小心地每次飲上一兩口，絕不多喝，然而他卻從來沒有給我喝一口的意思，使我覺得他是一個相當**小器**的傢伙。

這時有一大筒不死藥送到我面前，我自然想喝上一些。

我微笑道謝，正想伸手拿來喝的時候，我的朋友卻忽然大叫一聲，緊張地將那竹筒搶了過去，筒內的乳白色汁液濺出了一大半！

他瞪着我，拚命地搖頭。這時我心中不禁十分惱怒，他自己的不死藥不肯給我飲用也還罷了，為什麼連別人給我飲用的，他也禁止？這未免太過分了！

我忍不住伸手想將那大竹筒搶回來，但我這位「朋友」竟重重地把我推開！

我沒料到他會這樣動手，一時站不穩，身子向後跌，差點跌出了船。

他迅即嚴厲地對同船的土人講話，我發覺他在族中的地位應該相當高，因為他揮舞雙臂，像領袖般發表着講話，而其餘的人都靜靜地聽着。

他們一面傾聽，一面划着獨木舟前行，突然之間，轟隆的巨浪聲響起，隨之而來是一個巨浪，向我們直撲過來！

那個浪頭是如此之高，如此之有力，剎那間，蔚藍平靜的海水變成了噴着白沫的**灰黑色**，就像是千百頭瘋了的狼向我們撲來。

在不到十分之一秒的時間，獨木舟已被巨浪撞得完全沉進了海水之中！

我頭昏目眩，一時之間不知所措。

就在這時，他們四個土人撲向我，將我的身子緊緊地壓住，他們的手臂各箍住了我身體的一部分，而他們的另一隻手，則緊緊地抓在獨木舟上。

我知道他們這個舉動是防止我整個人被拋出獨木舟。

我覺得自己的身體變得很渺小，小得像一粒花生，被不斷地拋上去，拉下來。

這種使人極度暈眩的感覺，足足持續了半小時之久，我甚至不知道自己在這半小時裏是否有嘔吐過，因為我已陷入半昏迷的狀態！

我有過相當長時間的海洋生活經驗，但也從未遇過如此可怕的風浪，每一個浪頭捲來，簡直就像要把我的五臟六腑一齊拉出體外一樣，難受極了。

等到我終於清醒過來的時候，我覺得自己仍然在上上下下地簸動着，我雙手動了一動，突然感覺到，我的手碰到了泥土！

剛經歷過那樣的大風浪，雙手忽然碰到了泥土，那種歡喜之情，實在是難以形容。我雙手緊緊地抓着泥土，身子一挺，坐了起來。

我睜開眼睛，看到了一片碧綠的海水，而我則身處在一個十分美麗的小島海灘上。

但是，再向前望去，卻可以看到在平靜的海水之外，有着一道**灰黑色**的邊界，邊界外的海水正在不斷地**翻滾**和變幻着。

我相信那便是我剛才遇到風浪的地方，在這小島的四周圍，長年累月有巨大的浪頭包圍着，一年中只有極短的時間，浪頭是平息的，這也正是這個小島會成為**世外桃源**的原因。

我將視線從遠處收回來，看到在我的身旁站着不少土人，他們的樣子看上去都是差不多的，但我還是可以認出我的**朋友**來。

他走到了我的身邊，向前指了一指，示意我站起來，向前走去。

我站起來的時候，身子**晃了一晃**，他連忙將我扶住。看來，他對我仍是十分友善的，只是特別小器，死活也不讓我飲用那種白色的汁液。

我跟着那幾個土人一起向前走去，島上的**樹木**並不十分多，正如駱致謙所言，島上大部分都是岩石。那些岩石不但形狀怪異，而且顏色十分美麗，使整個島嶼看起來如同**仙境**一樣。

除了岩石，島上最多的，就是巨大的**竹子**。但它們其實是一種外形和竹子相類似的植物，實際上並不是真正的竹子。

它們開一種灰白色的花，結出纍纍的果實，那自然就是製造不死藥的原料了。

我們從海灘邊走起，走到一個山坳中停了下來。我估計我所看到的那種植物，它所結的**果子**之多，足足可以供島上的人永遠享用下去。

而島上的土人幾乎以此為唯一的飲料，他們每個人的腰際都懸着一個**大竹筒**，不時打開來，喝上幾口筒內的汁液。

我被帶到一間竹子做成的屋子裏，那屋子高大寬敞，躺在屋內，有十分清涼的感覺。過了一會，有人送了一大盤食物來給我。

我一看，那盤食物幾乎全是魚和蝦，還有一隻十分鮮

美肥大的蚌。我趁我的朋友不在，向其中一個土人的腰際指了一指，表示想嘗一下竹筒裏的汁液。

可是那土人大力搖頭，立即轉身走出了那間竹屋。

我知道一定是我的朋友下了命令，不准任何人給我喝那些汁液，我有點**憤怒**，忍不住追出去問個究竟。

我一衝出竹屋，就看到了我的朋友，他正急急地向我跑過來。而使我**大吃一驚**的是，他手中抱着一柄衝鋒槍，槍口正指向我！

第十七章

不死藥的後遺症

我那個朋友要開槍教訓我嗎？就因為我想喝那汁液？

我連忙縮回竹屋去，他隨即也走了進來。但他接着的動作使我放下了心，因為他將手中的衝鋒槍放在地上，向我作了一個手勢，示意我去動那柄槍。

我俯身拾起那柄衝鋒槍，檢查了一下，十分完好，而且還有子彈。我那朋友指了指槍，又向我做了幾個手勢，在問我會不會使用這槍。

我點了點頭，他**高興**不已。

我還不知道他的用意是什麼，但這時候，我聽到「咚咚」的**鼓聲**，同時大家都從屋裏跑出去，聚集在屋前的空地上。

我那朋友蹲下來，用竹枝在地上畫了一條魚一樣的東西，那東西顯然是在**海水之下**的，他又在那東西之中，

畫了兩個人，這兩個人手中都拿着槍，然後，他又畫了一個島，表示這兩個人會到島上來。而這兩個人當中，有一個是挺着大肚子的胖子。

畫到這裏，我已看明白了，他畫的是一艘小型潛艇，而那個大肚子就是波金，他要表達的意思是：波金和駱致謙兩人將會乘坐潛艇，持着槍，來到他們這個島上！

而他給我這柄衝鋒槍的用意，就是要我來對付波金和駱致謙兩人！

我向他畫的那兩個人指了指，再揚了揚槍，點頭表示我完全可以對付他們兩人。

但這時候，我又產生了新的疑問。這個島上的人天天喝着不死藥，自然是不怕槍擊的，那他們為什麼會害怕波金和駱致謙帶着槍來呢？

而且，駱致謙曾在這島上生活過好幾年，島上的土人應該知道，駱致謙也是不怕槍擊的，那為什麼還要我用衝鋒槍去對付他們兩人呢？

我做了不少動作來表達我這個疑問，我的朋友卻忽然拉着我的手臂，帶我去一個地方。

我們經過一處曠地，那裏聚集的土人估計有過百名之多，全都是三十來歲的年紀。

鼓聲仍然沉緩而有節奏地在一下一下敲着，我忽然想到，那種白色汁液雖然能使人長生不老，但同時也會破壞人的生殖能力，要不然，這島上的人口就不會只得百多人，而且也不會完全沒有孩子。

我一面想着，一面被那土人朋友拉着，向前走去。

他帶我來到了一個山頭之上，只見那裏有四塊方整的大石，圍成了一個方形，在那方形之上，另有一塊石板蓋着。

他將那塊石揭了開來，讓我看那四塊大石圍住的東西，我走近一看，不禁呆住了。

因為我眼前的東西，是絕不應該在這個島上出現的——那是一個**死了**的土人**！**

那屍體十分安詳地坐着，雖然看來和活人無異，但毫無疑問是死了的，因為在其胸口上，有着兩個***烏溜溜***的洞。

我朋友指了指我手上的衝鋒槍，又指了指死人胸前的兩個洞，露出**驚恐**的神情，我便立即明白了。

這島上的土人未必知道，他們日常飲用的汁液能使他們**長生不老**，他們甚至根本不知道**死亡**這回事。而這個人居然死了，當然造成他們心中的驚恐。

而這個人是怎樣死的，我朋友已經表達得很明白，那人是被衝鋒槍的子彈打死的。

子彈如果擊中了別的部位，他可能一點感覺也沒有，但當子彈穿過了心臟，那麼他就會死。也就是說，服用不死藥的人，並不是天不怕、地不怕，他們也有致命的弱點，那弱點便是心臟！

我相信駱致謙是知道這一點的，他之所以要我將他從死囚室裏救出來，就是因為高壓電通過人體的時候，必然會引起心臟麻痺，換言之，電椅可以令駱致謙死亡！

難怪在波金那座別墅時，駱致謙雖然肆無忌憚地叫我開槍射他，但卻又故意主動走近，用肩頭**對準**槍口，那是因為他怕我射中他的心臟。

我向我朋友點了點頭，表示明白如何對付波金和駱致謙，於是我們又一起**下山去**。

一路上，我盯着我朋友腰際的竹筒，心想雖然喝了不死藥也有弱點在心臟，但至少身體其他部位不怕**受傷**，能大大提高戰鬥的優勢。可是他發現了我的意圖後，立即將竹筒移到另一邊去。

他**苦笑**着，指了指竹筒，作飲用狀，然後伸直了手，直着眼，一動也不動。

這一串動作，我已看他做過許多次了，可是一直不明白是什麼意思。他嘆了一口氣，忽然蹲下來，在地上畫了一個人，那人在仰頭喝竹筒裏的東西，接着，他把那人手中的竹筒**刷去**，我明白，這表示那人不再飲不死藥。

然後，他把整個人刷掉，重新畫了一個人，是躺在地上的。

他指着那個人，自己也直挺挺地躺了下去，然後雙眼發直，慢慢地坐起來，雙眼迷迷糊糊，身子發僵，看起來像個傻子一樣。

在那電光火石間，我突然想起了那次潛入波金住宅時，在一個大房間裏，曾看到很多土人，他們都像傻子一樣，一動不動地發着呆。

這一刻，我終於明白了！

他的意思是，喝了不死藥後，如果一旦停止不再喝，就會變得**呆**呆**滯**滯，失去活力，像個傻子一樣！

這就是波金和駱致謙害怕我知道的**秘密**，他們計劃出售的不死藥，必須不停地服用，一旦停止，就會變成傻子。

而我那個朋友之所以堅決不給我喝不死藥，也是這個原因。除非我永遠在這個島上生活，否則絕不可能永無間斷地得到不死藥的供應。

如果永遠在這個島上生活，對我這個來自文明社會的人而言，即使得到了永生，又有什麼意思？

駱致謙曾説過，他離開這個島後，與波金的船相撞，收集得來的所有不死藥都掉進了大海，而且及後幾年時間也找不到這個島。我相信那是騙人的，因為如果幾年沒喝不死藥的話，他早已變成傻子，被波金丟棄了。

而且，在駱致謙被認為遭到了謀殺後，在他的「遺物」中，有一個十分大的竹筒，這可以證明，他總是會藏着足夠的不死藥，供自己一直飲用。

我心中十分慚愧，因為我一直以為我那位土人朋友很小器，不讓我喝不死藥，但原來他是如此善良，處處在為我設想。

我跟着他一起下山，許多土人仍在曠地上等着，他走到眾人中間，大聲講起話來。直到此刻，我才看出他原來是這個島的統治者，是土人的領袖！

他發表了大約二十分鐘的「演説」，我全然不知道他在講什麼，只見他不時伸手指向我。

當他講完後，所有土人忽然一齊轉過身，向我**膜拜**起來。我有點手足無措，不知如何是好。

就在這時，在海灘的另一面，突然傳來了一陣**驚天動地**的槍聲。

第十八章

槍聲一響，我那位朋友——土人領袖，便立刻拉我來到一株**極大**的「竹子」旁，那段竹子足有一抱腰粗，可供我躲起來。

沒多久，又響起了一陣槍聲，我小心地探頭出來，看到駱致謙和波金已經登岸，兩人身上都各掛着一柄衝鋒槍。

我那朋友也**悄悄**地躲起來，其他土人則向駱致謙和波金兩人***膜拜***，其中兩個土人還迎了上去，而駱致謙竟能用土語和這兩個土人交談，那兩個土人十分恭敬地聽着。

這時我覺得十分為難，以我的技術，要連開兩槍射穿

兩人的心臟，這並非太難的事，但我卻不想這樣做，至少，我要活捉駱致謙！

如果我將駱致謙也殺了的話，我將永遠無法回去，我有什麼辦法能解除通緝呢？唯一方法便是將他押回去，把所有事情弄清楚，將功補過。

可是，我該怎樣對付他呢？我射他的心臟，他會死，射他的其他部位，他卻不痛不癢。但相反，我一出聲，他發現了我，隨便射中我任何部位，都能把我制住。

駱致謙把自己當成是島上的**統治者**一樣，兇惡地呼喝着，眾土人懾服於他的衝鋒槍，都敢怒不敢言。

有好幾個土人顯得很着急，不時向我的**藏身之處**望來，自然是等着我出手對付駱致謙和波金。但他們這個舉動很容易會引起駱致謙注意，如果駱致謙先發現我，那就**糟糕**了。

我必須盡快出手，雖然不能殺駱致謙，但我卻可以殺掉一個該死的人。

這個人，當然就是波金！

我慢慢提起手中的槍，瞄準了波金的心臟位置後，便盤算着駱致謙將會有什麼反應，而我該怎樣應對。

想好了之後，我便扳動槍機，「砰」的一聲槍響，嚇得所有人都跳了起來，波金的心臟部位應聲開了一個洞，但是卻沒有血流出來。

他臉上沒有痛苦的表情，卻瞪着眼，張大了口，顯得十分驚愕，身體慢慢地倒下。

駱致謙畢竟曾是軍人，反應極快地提起了槍，轉過身來，準備向我的藏身處掃射。

可是，在他提起槍之際，我的第二發子彈亦已射出，又是「砰」的一聲，射中了他手中的槍。他雙手一震，槍便落在地上，而且已經損壞，不能再用了！

駱致謙應變十分快，他立即想去拾波金的槍。可是我也不慢，從藏身之處一躍而出，迅速衝前，用手中的槍直指着他的胸口。他立時站定不動，舉起雙手。

我連聲冷笑起來，「是誰説槍沒有作用的？」

他顫聲道：「你已經知道了？你不是要殺我吧？波金死了，我和你可以合作，一起賣不死藥，一起發大財！」

我笑了起來，「駱先生，我看你的腦子不怎麼清醒了，如果要發大財的話，我一個人發，不是比與你合作更好嗎？」

「我知道你不會殺我的。」駱致謙似乎也看穿了我的心思，因為如果我要殺他，早就開槍了，何須說那麼多？

他看準這一點，突然發難，撥開我持槍的手。幸好這時我的朋友出現，領着眾土人一擁而上。

消兩分鐘，駱致謙的身體已被一種十分堅韌的野藤緊緊地捆綁起來。

駱致謙驚恐大叫：「你不能將我留在這裏，不能讓這

些土人來處罰我，**你必須帶我走！**」

我點了點頭，「的確，我會帶你走，我要將你帶回死囚室去。」

駱致謙竟連連點頭，「好！好！可是，你得不斷供應**不死藥**給我！」

我笑了起來，「當然會，因為我要你神智清醒地回去交代清楚所有事。」

我轉過身，來到了我的朋友面前，向他**指手劃腳**，表達我希望他派獨木舟，送我和駱致謙兩人離開這個島。

他明白了我的意思後，沒有回答我，只是**怒視**着駱致謙，似乎對我沒有處決駱致謙而感到不滿。

那麼複雜的箇中原因，我實在無法向我的朋友解釋清楚，只能做手勢表示請他相信我。他終於點了點頭，吩咐土人們去辦。

兩個土人幫我抬着駱致謙到海灘去，海灘上已有一排獨木舟，我的朋友親自上了一艘相當大的獨木舟。

我臨登上獨木舟前，向我的朋友要了一大竹筒的不死藥，我保證自己不會喝，但表示十分需要這桶白色汁液。他信任我，便依我所言給了我。

那桶不死藥，和駱致謙一樣，被綁在獨木舟上。

幾十個土人將獨木舟推下去，而獨木舟上也有約二十個土人，獨木舟一出海，十來支槳便一齊划動起來。

一小時後，獨木舟已來到巨浪的邊緣，巨浪使海水產生了一股極大的旋轉力，把獨木舟捲進巨浪之中！

接着又是一場惡夢，和我來的時候相同，全靠土人們壓在我的身上，我才沒有被拋下海去，但我還是被巨浪衝擊得昏眩過去了。

醒來時，我們已經脱離了那環形的巨浪帶，在風浪平靜的海面上。

我那個朋友解下另外兩艘較小的獨木舟，準備向我告別。我站了起來，他指着幾個竹筒，告訴我那裏面裝的是清水。

他又伸手指着南方，告訴我如果一直向南划去，就可以到達陸地。其餘的土人在我的獨木舟上，豎起了一枝桅，放下了帆，獨木舟便乘着風，向南駛去了。

我的朋友和我握手道別後，帶着其他土人跳上了那兩艘較小的獨木舟，划回漢同架島去。

　　他們離去後，我打開了一個竹筒，喝了一口清水，另外又倒了一口不死藥進駱致謙的口中，以免他變成傻子。

　　獨木舟繼續乘風向南而行，我躺了下來，先睡一覺，卻在沉睡中被駱致謙叫醒。

他尖聲叫道：「我們要漂流到什麼時候？你太蠢了，我和波金是開一艘小型潛艇去的，你為什麼不用那艘潛艇離開？」

我冷笑了一下，「猛虎不及地頭蟲，你熟悉潛艇內的環境，隨時能想出許多方法為自己解圍，並反制我，我才不會那麼笨走上賊船！況且，潛艇內説不定還有你們的同黨——」

講到這裏，我不禁「啊」地一聲叫了出來。因為如果潛艇裏真的還有他們的同黨，他們久等波金不回的話，一定會走上島去看個究竟，也定必會帶上武器，對土人不利，甚至為島上帶來災難！

第十九章

一想到島上可能會有危險，我立即想回去通知我的朋友，不過，我雖然可以調整風帆，向相反的方向航行回去，但我卻無法順利通過那個**巨浪帶**。我着急地問駱致謙：「潛艇裏還有什麼人？」

他**狡獪**地笑道：「還有一個日本人，他也是前軍人，就是幫波金先生馴犬那位。」

「你一定有辦法和他**聯絡**的，是不是？」

駱致謙點頭道：「是的，但我如果要和他聯絡的話，你必須先幫我**鬆綁**。」

我雖然沒有槍，但要在獨木舟上制服他，也並非難事，於是便動手替他鬆綁。

駱致謙慢慢地站直身子，伸手進右邊的褲袋內，我以為他要拿通訊器，怎料他卻拔出一柄**微型手槍**來！

我僵住了，還來不及反應，他已揚起手槍，向我連射三槍。我感覺到肩頭和左腿**劇痛**，再也站立不住，倒了下來。

駱致謙用槍對準了我的胸口，冷冷地說：「衛斯理，你將因流血過多而死亡！」

我肩頭和大腿上的三個傷口，正不斷地流血，他的話一點也沒錯，我至多再過三十分鐘，便會因為失血過多而死！

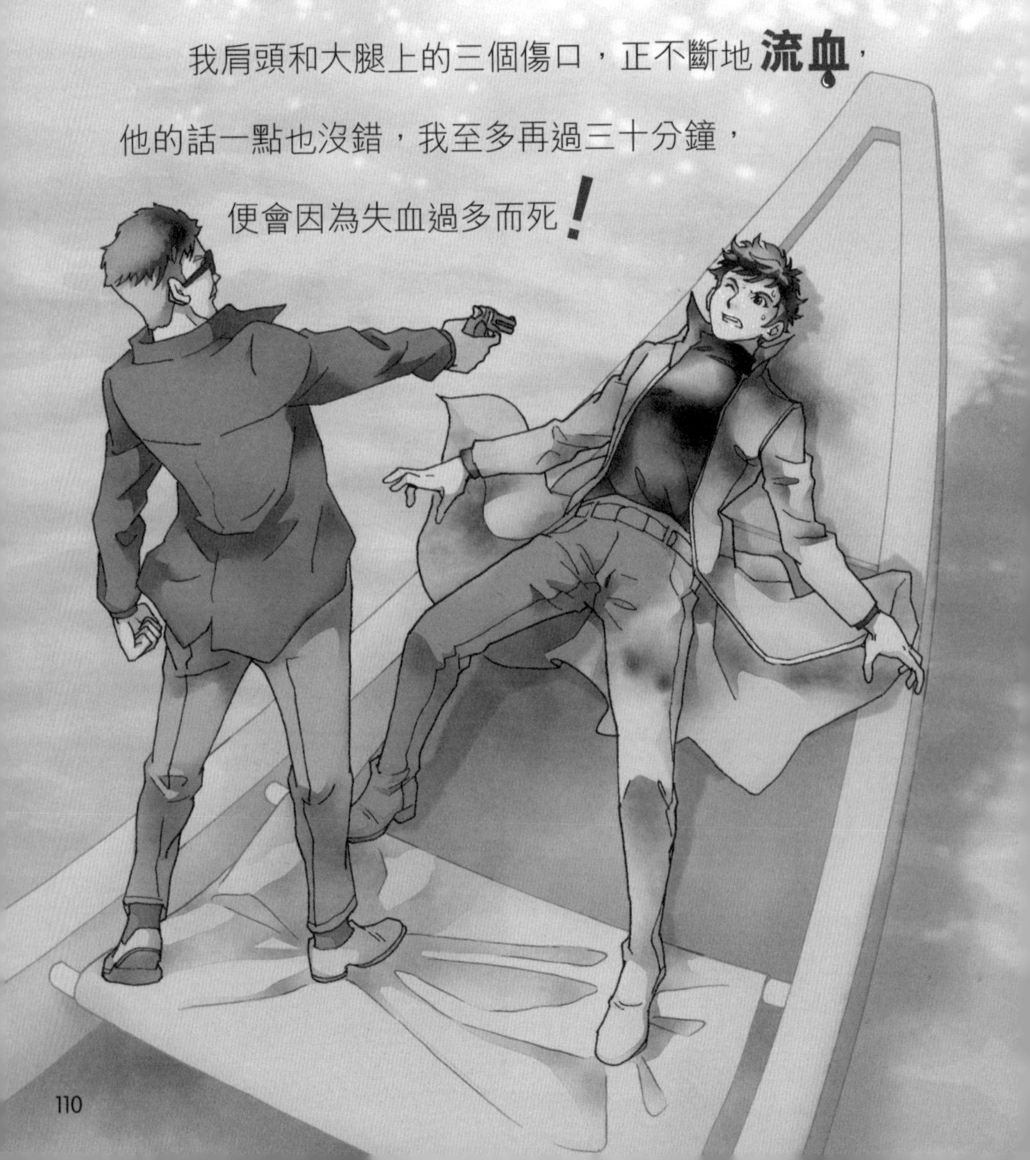

駱致謙**狡獪**地笑了起來，「有一個辦法，可以使你活下去。」

我正想問他是什麼辦法的時候，恰巧看到綁在獨木舟上的那個大竹筒，便立即恍然大悟了。

他果然去解開那個竹筒，遞到我面前來，「喝了它，你的傷口可以**神奇**地癒合，陷在體內的子彈會被再生的肌肉擠出來，你甚至可以和我一樣，**長生不老**！」

但我也明白到，一旦開始飲用這不死藥，以後就必須一直喝下去，要是停了不喝的話，我將會變成一個傻子，一個**活死人**！

可是，如果我現在不喝，我很快就會昏迷，然後死去。

我別無選擇，必須先活下去再說。於是我張大了口，一口又一口地將不死藥吞下，肚裏有一種火辣辣的感覺，像喝烈酒一樣。

我感到一陣昏眩，如同喝醉酒般。我看出去，海和天完全混淆在一起，眼前看不見別的東西，身子好像愈來愈輕，輕飄飄地浮起來似的。

我索性閉上眼睛，過了不知多久，才覺得自己的身子又漸漸地落下，好像一片雪花般飄下來。

當我再睜開眼來的時候，我發現身上的傷口已經完全不見了，就像從來沒中過槍一樣，但身上的血迹還在。

我飲用了不死藥，我將不能離開不死藥了！

駱致謙一直望着我在笑，他一隻手依然拿着槍，伸出另一隻手説：「歡迎成為我的合伙人！」

「呸！我要把你送回去電椅上！」

駱致謙笑得更厲害，手槍對準我的胸口説：「首先，以目前的形勢，我不認為你有這個能力。其次，就算你真的成功把我抓回去，我在坐電椅之前，一定會將你不死的事公告天下，讓你成為全球科學家的研究對象。」

我不禁打了一個寒顫。如果我成為了一隻永遠不會死的實驗白老鼠，的確比死更痛苦！

駱致謙冷笑道：「你不要像我弟弟那樣固執了，我們合作的話，可以憑不死藥賺錢，讓全世界的富豪都要依賴我們的不死藥，而我們自然成為富豪中的富豪！」

我聽了不禁追問：「你弟弟就是因為不肯和你合作，所以被你推下山崖去？」

駱致謙嘆了一口氣，「他花了那麼多工夫去找我，我實在很感動。我們兄弟情深，我自然把我的發財大計和他分享，希望兄弟倆一起成為世界巨富。可是我這個弟弟就是太固執，他不但不同意，還堅持要向外界公開不死藥的後遺症。我已經白白浪費了二十年青春，絕不能讓他破壞我下半生的大計，所以不得不那樣做了。」

殺人的動機終於解開了。這時候，我忽然發現駱致謙的手槍上，有一個紅色小燈在閃着。

「那是什麼？」我指着他手槍上的紅燈問。

他笑了笑，向海面指去，我循他所指的方向望去，看到一艘小型潛艇正從海中浮了上來。

我這才知道，那手槍同時也是一個通訊器，駱致謙剛才已經偷偷通知那艘潛艇來接他了。

潛艇的艙蓋打開，露出一個人的上半身來，就是那個我曾見過的日本人。

駱致謙向那日本人揚了揚手，「你回駕駛室去，我要招待一個朋友進來。」

那日本人應了一聲便縮回去，駱致謙將獨木舟划近了潛艇，向我命令道：「你先上去。」

他的槍口正對準我的心臟部位，我不想心臟中槍，跌進海裏餵鯊魚，所以只好聽從他。

我縱身跳到了潛艇的甲板上，他繼續揚着槍，於是，我就從潛艇的艙口鑽了進去，駱致謙也跟着進來。

那是一艘小潛艇，主要是用作通訊或運送特務人員的，至多只能容納五個人。

進了潛艇後，我被駱致謙逼進潛艇唯一的一個艙中，坐了下來。

駱致謙仍然以槍指着我，我喝問他：「**你究竟準**

備將我怎樣？」

「我要你參加我的計劃。」

我冷冷地說：「幫你推銷不死藥嗎？對不起，我會和你弟弟一樣，把不死藥的後遺症公諸於世！」

駱致謙搖頭嘆息，「那就可惜了，你將會和漢同架島上的**土人**同一命運！」

我大感**驚訝**，他不說我和他弟弟同一命運，而是說我和那些土人同一命運，這是什麼意思？我有一種**不祥**的預感，禁不住問：「你打算對他們做什麼？」

他瞪大雙眼說：「**將他們殺光，一個不留！**」

第二十章

我會不會變成傻子

駱致謙竟要在如此寧靜的島上，對和平善良的土人展開大屠殺，簡直是惡魔的行為。

我的身體在劇烈地發抖，我在想，必須將他手上的槍奪過來，制止這場駭人聽聞的屠殺發生。

但駱致謙似乎也看出我的企圖，他站了起來，在我還未有任何行動之前，已開門退到了艙外。

他手中的槍仍然指向我的胸口，「你最好不要動別的腦筋，我可以告訴你，我在軍隊中的時候，是全能射擊冠軍。你留在這裏好好考慮是否和我合作，還是想跟那些土人一起命葬漢同架島。」

他話一講完，便「砰」的一聲，關了艙門。

我立即衝過去，但門已被鎖住了，我用力推也推不開。

從船身動盪的感覺，我知道潛艇正向下沉去，也就是說，駱致謙準備回到漢同架島去，將那些土人全部殺死。

我想盡辦法打開艙門，可是都不成功。我只能不斷地敲門、喊叫，足足鬧了半小時，艙門才突然被人打開。我一衝出去，後腦就中了一記重擊，被人打昏了。

我不知道自己昏暈了多久，等到我又有了知覺的時候，首先聽到了一陣陣淒慘的**尖叫聲**，還有一下下連續不斷的槍聲，十分**驚心動魄**。

我大為緊張，立刻睜開了眼睛，發現自己竟在漢同架島上，眼前的景象使我窒息，全身**僵住**。

這時槍聲和慘叫聲都戛然而止了，因為駱致謙的行動剛剛已經完成，我看到了遍地的土人屍體，他們的胸口滿是

，顯然經歷了一場亂槍掃射。

只見駱致謙垂下了槍，很疲累地喘着氣，而那個日本人則在曠地上檢查着屍體，並前往島的四周**搜索**，看看還有沒有漏網之魚。

駱致謙看見我醒了，向我獰笑道：「你終於醒了？考慮得怎麼樣？」

我激動地喊叫：「**你是一個發了瘋的畜牲！**」

「看來你還是想選擇葬在這裏。」駱致謙又提起槍，想向我射來。

但我也像發了瘋一樣，撲了上去。

駱致謙向我開槍，但由於他太累了，瞄不準我的**心臟**。我也不管身上的槍傷，因為我喝過不死藥，只要不被打中心臟，我自然會復原過來。

他只開了兩槍，我就已經竄到他的面前來，重重地一拳打向他腹部的軟肉。這一拳的力道**極重**，他可能不會痛，但也無法避免抽搐。他的身子立時**彎了下來**，而我的膝蓋隨即又重重地抬起，撞向他的下巴。

他被我這一撞，手中的槍也**脫手**了，身子仰天倒下，我立刻奪過他的槍，對準他的胸口，差點就忍不住開槍把他殺了。

但我及時控制住自己，因為我知道，如果他現在死了，對我極之不利。

「殺吧！為什麼不殺我？」駱致謙知道我不會殺他，居然還洋洋得意起來。

「你必須死，但不是在這裏。我要先將你押回去，把你的罪行公諸於世，然後才送你上電椅！」

駱致謙忽然冷笑，「我死了，你以後就要當一個傻子了。」

「你不用要脅我，大不了我就定期來這個島拿不死藥。」

駱致謙笑得更厲害，「你以為直接把那些果實的汁液榨出來，就是不死藥嗎？如果這麼簡單，世上早就有許許多多長生不老的動物了。」

「什麼意思？」我皺着眉。

「要經過特殊的工序，才能做出不死藥。這些土人也沒想到，他們的烹調方法，竟誤打誤撞做出了不死藥來。如今土人死光了，世上只有我知道烹調不死藥的方法。要是你和我合作——」

我沒有等他講完，已堅決地說：「就算我永遠要做**傻子**，或是當一隻被人研究的**白老鼠**，我都在所不惜，一定要把你送上電椅去！」

我在其中一個土人的身邊，取了一個**極大**的竹筒，然後押着駱致謙走，「走！上潛艇！」

駱致謙提醒我：「你想清楚啊，這一竹筒的不死

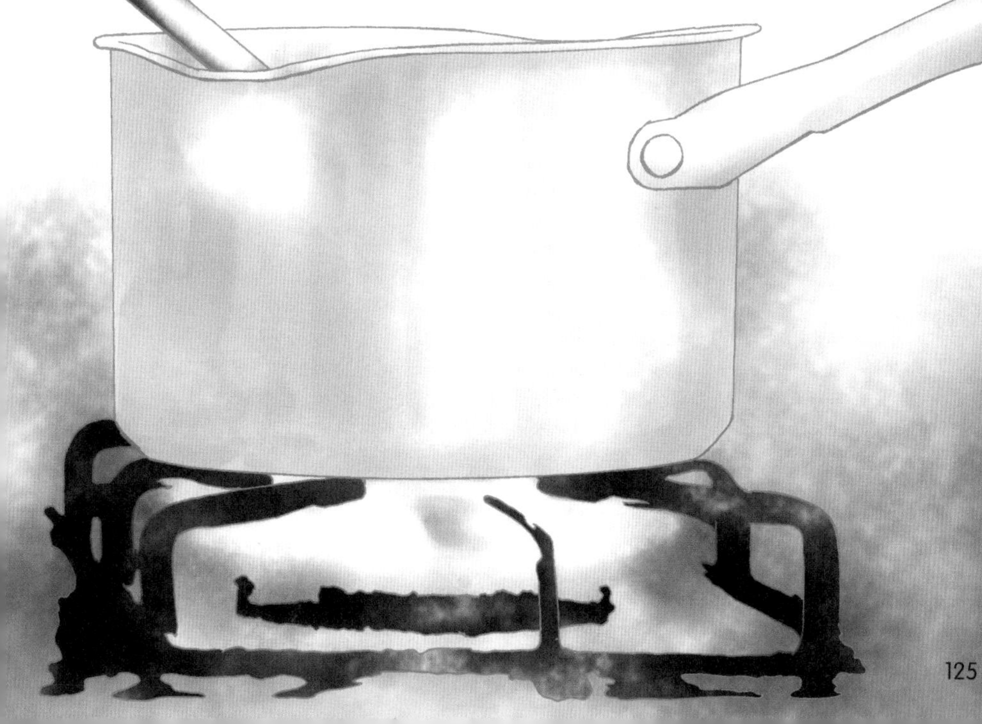

藥，不夠你喝多久，下次你再來的時候，其他竹筒的不死藥都變壞了，你必須懂得製作新的不死藥。」

但我已下定了決心，冷冷地說：「不必你替我擔心，這些不死藥夠我把你送回死囚室就行了。」

駱致謙的面色變得十分難看，這時候，那個日本人剛好搜索完走回來，他看見我們的情況，立即想向我開槍。但我出手比他快，一槍射向他，看到他緩緩倒下，我知道我打中他的心臟了。

駱致謙連最後的幫手也失去，面如土色。我吸取過去幾次失敗的教訓，這次小心得多了，我出其不意地掉轉了槍柄，在駱致謙的頭上重重地敲了一下，把他打昏，然後用野藤將他緊緊地捆綁起來，抬進潛艇去。

我自己多少也有一點駕駛潛艇的知識，來到駕駛艙中，檢查過機器後，我有信心能駕駛着它穿過巨浪帶離開。

結果我成功了。脫離巨浪帶後，我利用**無線電**求救，很快就得到了一艘澳洲軍艦的回應。六小時後，我和駱致謙便登上了那艘澳洲軍艦。

軍艦的司令官是一位將軍，我將國際警方發給我的特別證件交給他檢查，同時指出駱致謙是個被通緝的**死囚**，應該盡快押解回去。

司令將我們送到最近的港口，我和白素通了一個電話，告訴她，我已把逃犯擒住，準備回來了。我聽到白素在哭，但是毫無疑問，她的聲音是高興的。

第三天中午，我押着駱致謙回來，在機場歡迎我的，除了白素之外，還有警方特別工作組的傑克。

傑克顯然十分失望，因為他以為我會永不翻身的，想不到我卻又將駱致謙帶了回來，查出了奇案的真相，而且還幫國際警方除去了專向恐怖分子賣軍火的波金。在國際警方的求情下，我算是將功補過，協助逃獄的事便一筆勾銷了。

至於駱致謙，在重新確認過身分後，被判了相同的刑罰，坐上電椅伏法了。

而柏秀瓊則仍在帝汶島，變成了瘋婦，因為她服食過不死藥，而又得不到持續的供應。

在我回來之後的第三個月，有一則不怎麼為人注意的新聞，說南太平洋發生了**海嘯**，不少島嶼因為地殼變動而陸沉。我看到海嘯發生的區域，正好包含了漢同架島。我估計漢同架島也陸沉了，也就是說，地球上只怕再也找不到那種神奇的**植物**來提煉不死藥了。

我從島上帶回來的不死藥很快就要喝光。這三個月來，我和白素**秘密**地聯絡上幾個極著名的醫學權威、內分泌專家，將我的情況告訴他們。

幾個專家同意對我進行治療，治療方法是每日以極複雜的手段，抑制人體裏分泌抗衰老素的腺體的作用，使我體內的抗衰老素分泌恢復正常。但這個方法進展不佳，他們提議施行極複雜的手術，切除一些**異常活躍**的分泌腺，但成功率有多少？手術後會否有後遺症？他們都難以估計。

我相信白素的心中，一定比我更**難過**。

我對她深感愧疚，在手術的前一天，我對她說：「對不起，我們才新婚不久，便要你承受這麼大的苦楚。手術不一定能成功，萬一失敗了，我就會變成一個**傻子**，你實在不必——」

我還沒說完，她已經捣住了我的嘴，對我說：「在決定和你**結婚**的一刻，我已經預計了這個情況。」

「**什麼？**」我很驚訝，白素居然一早預計了我會變成傻子？

她解釋道：「既然我們希望白頭到老，當老到某個歲數時，自然逃不了老人痴呆，可能是你，可能是我，也可能我們一起痴呆，到時我們還是會相親相愛，互相照顧。如果這次手術不成功，只不過是那種日子提早來臨而已，沒什麼稀奇的。」

聽了她的話，我十分感動，緊緊地握住了她的手，此時此刻不需要再說任何話，彼此望着對方，一切盡在不言中。

至於手術成功與否？我有沒有變成傻子？大家只要看看往後我還有沒有新的故事出版便知道了。（完）

案件調查輔助檔案

打草驚蛇

我當然不會正式求見，就算守衛不把我趕走，也會**打草驚蛇**讓駱致遜夫婦有了防備。

意思：比喻做法不謹慎，反使對方有所戒備。

躊躇

我**躊躇**了一下，我的身體絕對不能碰到那鐵絲網，要進入圍牆的唯一方法，便是躍過它。

意思：指猶豫不決，拿不定主意。

走投無路

前有阻攔，後有追兵，我幾乎**走投無路**了。

意思：比喻陷入絕境，沒有出路。

正中下懷

這真是**正中下懷**，我是故意引他過來的，他是一個大胖子，一來到我的身前，便將我的身子完全擋住。

意思：正合自己的心意。

顛簸

當車子**顛簸**的時候，我手中的槍便會碰到波金的後腦殼，嚇得他不由自主地發出呻吟聲來。

意思：指上下震動，不平穩。

人生何處不相逢

駱致遜夫婦亦很快看到我是誰了，他們先是一呆，但隨即也笑了起來，說：「真是**人生何處不相逢**！」

意思：指人與人分別之後總有機會再見面的。

神態自若

他們居然**神態自若**，實在叫我疑惑至極。

意思：神情態度從容不迫，一如平常的樣子。

自鳴得意

這時候，我發現駱致謙**自鳴得意**，很愛炫耀的樣子，於是我嘗試拖延一下時間。

意思：自以為了不起，形容自我欣賞。

與世隔絕

那是一個真正**與世隔絕**的小島，面積不大，島上全是石頭，而從石縫中，卻生長着一種奇異的植物。

意思：形容隱居或人迹罕至的極偏僻地方。

屢見不鮮

如果人體內的抗衰老素消失，那麼，一個十二歲的小童，就和一個八十歲的老翁沒有分別，這種例子在醫學上**屢見不鮮**。

意思：常常見到，並不新奇。

瞭若指掌

他說他對南太平洋各島**瞭若指掌**，從來未聽說過有這樣的一個小島。

意思：對事物了解得非常清楚。

夢寐以求

我的運氣一直很好，居然讓我找到了秦始皇**夢寐以求**的長生不老藥。我只要坐在家中，金錢便會像潮水一樣滾進來！

意思：做夢時都在追求，形容迫切地期望着。

咎由自取

這是你**咎由自取**！如果你乖乖地躲起來，當我發了財後，我一定會給你一些好處的，甚至可以送你一個島，讓你做島主，做土皇帝！

意思：所遭受的責備、懲處或禍害都是自己造成的。

世外桃源

在這小島的四周圍，長年累月有巨大的浪頭包圍着，一年中只有極短的時間，浪頭是平息的，也正是這個小島會成為**世外桃源**的原因。

意思：指與現實社會隔絕、生活安樂的理想境界，也指環境幽靜、生活安逸的地方。

戛然而止

這時槍聲和慘叫聲都**戛然而止**了，因為駱致謙的行動剛剛已經完成。

意思：形容突然停止。

伏法

至於駱致謙，在重新確認過身分後，被判了相同的刑罰，坐上電椅**伏法**了。

意思：指罪犯被執行死刑。

衛斯理系列 少年版 08

不死藥 (下)

作者：衛斯理（倪匡）
文字整理：耿啟文
繪畫：余遠鍠
助理出版經理：周詩韵
責任編輯：林信
封面及美術設計：BeHi The Scene
出版：明窗出版社
發行：明報出版社有限公司
香港柴灣嘉業街 18 號
明報工業中心 A 座 15 樓
電話：2595 3215
傳真：2898 2646
網址：http://books.mingpao.com/
電子郵箱：mpp@mingpao.com
版次：二〇一九年十一月初版
二〇二〇年六月第二版
二〇二二年七月第三版
ISBN：978-988-8526-78-9
承印：美雅印刷製本有限公司